伊沙

原名吴文健，1966年出生于四川成都。诗人，作家，批评家，翻译家，编选家。1989年毕业于北京师范大学中文系。现于西安外国语大学中文系任教。著、译、编作品共九十余部。获美国亨利·鲁斯基金会华文诗歌创作及英译奖金、韩国"亚洲诗人奖"以及中国国内数十项诗歌奖项。应邀出席瑞典第16届奈舍国际诗歌节，荷兰第38届鹿特丹国际诗歌节，英国第20届奥尔德堡国际诗歌节，马其顿第50届斯特鲁加国际诗歌节以及中国第二、第三、第四、第五届青海湖国际诗歌节，第二届澳门文学节。世界各国各地对其作品高度评价，美国佛蒙特创作中心聘其为驻站作家，美国亚利桑那大学为其举办过朗诵会，奥地利两校一刊亦为其举办过朗诵会与研讨会等国际交流活动。

长安新诗典

世界的歌声

伊沙 著

陕西新华出版传媒集团
太白文艺出版社

图书在版编目（CIP）数据

世界的歌声/伊沙著. — 西安：太白文艺出版社，
2017.6（2020.1重印）
（长安新诗典）
ISBN 978-7-5513-1178-6

Ⅰ.①世… Ⅱ.①伊… Ⅲ.①诗集—中国—当代
Ⅳ.①I227

中国版本图书馆 CIP 数据核字（2017）第 147023 号

长安新诗典
世界的歌声
SHIJIE DE GESHENG

作　　者	伊　沙
策　　划	韩霁虹
责任编辑	马凤霞
封面设计	李世豪
版式设计	张洪海
出版发行	陕西新华出版传媒集团
	太白文艺出版社
经　　销	新华书店
印　　刷	天津行知印刷有限公司
开　　本	889mm×1194mm　1/32
字　　数	120千字
印　　张	7.25
版　　次	2017年6月第1版
印　　次	2020年1月第2次印刷
书　　号	ISBN 978-7-5513-1178-6
定　　价	28.00元

版权所有 翻印必究
如有印装质量问题，可寄出版社印制部调换
联系电话：029-81206800
出版社地址：西安市曲江新区登高路1388号（邮编：710061）
营销中心电话：029-87277748

序

最诗意，在长安

韩霁虹（太白文艺出版社总编辑）

送你一个长安 / 李白杜甫　司马长卷 / 唐风汉韵　锦绣斑斓 / 采些许诗意观照明天

诗人薛保勤吟唱的长安，是"一城文化半城神仙"的诗长安。这里有诗经故里的"蒹葭苍苍白露为霜"，有终南别业的"行到水穷处，坐看云起时"；这里有沉郁忧思、欲"大庇天下寒士俱欢颜"的杜甫，有傲视八极、"天子呼来不上船"的李白；这里曾经绿枝低垂灞柳风雪，这里曾经樽壶酒浆曲江流饮。

郁郁《诗经》，浩浩汉赋，煌煌唐诗。真是个从千年诗脉韵律中迤逦而来的诗都长安。

当年诗意盎然的长安，今安在？

被称为"文学大省"的陕西文坛，当下更多关注、推崇的是长篇小说。成就丝毫不亚于小说的诗歌群体，大多疏离于体制之外，被忽视且边缘化了。

然而，独立探索，自由先锋，守常求变，孤芳自赏，陕西的诗人们倔强生长，墙内开花墙外香，活跃在全国乃至世界的诗坛。几乎每一个重大的诗歌事件，陕西诗人都未缺席。但陕西诗歌的整体宣传和出版却在缺位状态。

有些人是读着诗慢慢成长的，有些人是读着诗慢慢变老的。作为一个中文系毕业、在诗歌陪伴下成长并变老的文学编辑，对于陕西繁茂又略显沉寂的诗坛我是有些耿耿于怀的。

于是有了这套"长安新诗典"。召集活跃在当下诗坛的陕西最有代表意义的六位诗人，自选出道以来最满意的诗作。每人一本。

阎安、伊沙、耿翔、秦巴子、李小洛、周公度，六位诗人，诗歌立场和美学趣味不同，在体制内与体制外、传统与现代之间，保持了各自不同的精神气质。他们以匍匐的姿势聆听万物苍生的一呼一吸，用细微和宏大的多维视角解读大地和生命之美，标明自己灵魂所坚守的精神高度。他们与"哀而不伤，乐而不淫"的古老诗歌美学遥相呼应，与"这是信仰的时期，这是怀疑的时期"的当下时代一同起舞。他们安静沉稳拙朴，他们狂放自由灵动，他们温情又冷峭，他们自信又舒展，他们以自己的才气和力量书写了当代中国知识分子百感交集的成长史和心灵史。他们写作的丰富性改变了传统诗歌的面貌，对我国当代诗歌时代性的转型和读者接受心境上的改造有令人惊讶的开路先锋式贡献。他们是陕西乃至中国诗歌的光荣与梦想，将为中国乃至世界诗坛新诗的发展留下浓墨重彩的独特文本。

这不就是最长安的最诗意吗？

中国诗歌的灵魂在长安。这里曾经是中国诗歌的高峰，也是世界诗歌的高峰。即使在新时期，陕西诗人在中国诗坛依然群星交相辉映。

有人说，当下陕西诗歌有高原无高峰。

读读这六位诗人的作品吧。如果读懂了他们的温柔与霸气，触摸到了这些诗歌的灵魂，你就不会说上面那句话了。

伊沙说，西安没有诗歌，就是西安；有了诗歌，才是长安。

一座城市因向诗人致敬而拥有了诗意。

最诗意，在长安。

2017年6月

目 录

第一辑　饿死诗人

车过黄河·003

江山美人·004

9号·006

善良的愿望抑或倒放胶片的感觉·007

停电之夜·009

恐怖的旧剧场·010

奇迹·011

回故乡之路·012

新疆民歌·013

为司机点烟·014

饿死诗人·016

黛玉进入我家·018

最后的长安人·020

021・假肢工厂

022・结结巴巴

024・色盲

025・致命的错别字

026・乡村摇滚

027・实录：非洲食葬仪式上的挽歌部分

028・梅花：一首失败的抒情诗

029・老狐狸

030・名片

031・反动十四行

032・诺贝尔奖：永恒的答谢词

033・拜师学艺

034・没事儿

035・广告诗

036・催眠术

038・诗意的发现

039・当年的情书残片

041・采访手记

禅意顿生·042

中国朋克·044

悟性·045

使馆区的晚宴·046

星期天·047

我的祖先·048

回答母亲·049

观察·051

警示录：一部黑白电影的分镜头叙述·052

在精神病院等人·053

等待戈多·054

伤口之歌·056

十万个为什么之一·057

20世纪的开始·058

京剧晚会·060

大唐的余光·062

感恩的酒鬼·063

儿子的孤独·064

065・复调

067・冥王星

068・去年冬天在曲阜

070・性爱教育

072・在朋友家的厕所里

073・一年记住一张脸

075・张常氏，你的保姆

076・细节的力量

077・致敬

078・一次性触球

080・耿耿于怀

081・中国底层

083・珍珠泉纪事

第二辑　春天的乳房劫

087・地球的额际

088・《血疑》

090・血液净化中心

鸽子·092

原则·093

1993年8月16日·094

对生活的爱需要被唤醒·096

有一年我在杨家村夜市的烤肉摊上看见一个闲人在批评教育他的女人·098

父亲一生的真情告白·099

9·11心理报告·100

非关红颜也无关知己·102

饺子·103

行刑·105

放下了·106

大雁塔我留下　送君一座小雁塔·108

没发出去的E-Mail，给G·110

交流·112

忘年的情人·114

5·115

口罩·116

又逢夜半观球时·117

118・汉茂陵石刻记

120・西施兰颂

121・今天是你的生日我的老婆

122・途中

123・白桦生北国

124・父亲的爱,父亲的诗

125・1972年的元宵节

126・姑妈口中的爷爷

127・中国人的清明节

129・盲道

130・酒桌上的谎言

131・春天的乳房劫

134・晚景

135・从楚回秦

136・此诗属于宁夏回族诗人马茹子

137・县医院的拖拉机

139・高峰体验

141・暖冬之夜

海南岛·142

心,还是心·143

我的神赐我以暴雨的启示·144

摩梭人家·146

授课·147

在场者诗·148

第三辑　飞越太平洋

草坪·151

世界的角落·152

挑战·154

冬至·155

辋川·156

金丝峡传说·157

智慧·158

菩萨:觉悟的众生·159

日本大地震·164

春·165

166・丹凤记

167・最好的发言

168・小舅子

169・老丈人

170・驱车向前

171・蒸螃蟹

173・在古人画的地图上

174・懂得

175・罗浮山

176・三门岛

177・远方

178・白雪乌鸦

179・湿地

180・台湾的灵魂

181・纸

182・即景

183・二泉映月

185・一个杀人犯在我脑瓜里待了三天

张楚演唱会·187

腊八节·188

人民·190

飞越太平洋·192

在伯灵顿的森林中·194

异国小镇·195

在天涯·197

越南风景·198

听音乐会·199

在匈牙利想起一位故人·200

世界的歌声·202

多瑙河之波·203

可爱的诗人·204

在青海听我的首位英译者梅丹理先生讲述他当年初读我诗的故事·206

重回鲸鱼沟·207

上海的天空·209

信号·210

新加坡之诗·211

212·南洋

213·吉隆坡云顶赌城联想

214·天涯海角

第一辑 饿死诗人

车过黄河

列车正经过黄河
我正在厕所小便
我深知这不该
我应该坐在窗前
或站在车门旁边
左手叉腰
右手做眉檐
眺望　像个伟人
至少像个诗人
想点儿河上的事情
或历史的陈账
那时人们都在眺望
我在厕所里
时间很长
现在这时间属于我
我等了一天一夜
只一泡尿工夫
黄河已经流远

1988

江山美人

我总得拎点儿什么
才能去看你
在讲究平衡的年代
我的左手
是一条河流　　一座高楼
一块被废弃的秤砣
在我的右手
美人　我不能真的一无所有
我一直纳闷
这样残破的江山
却天生你这尤物
我靠着大夏天
袒胸露肚
盯着一棵大树
我想吃上面的槐花
就得将它连根拔掉
我对工作不厌其烦
就算你偶尔走到我的身边
也只能看见
我的侧影
美人　你要认准我真的可爱

给不给　请早做打算
就算我大器晚成
也要你徐娘半老
说正经的给你
假如我拥有江山
也就拥有江山里的你

1989

9号

9号门上锈着一把黑锁
9号窗前飘着一件长年不收的胸衣
9号院内春天就有槐花的香气
9号在夜里传出一缕歌声
9号的狗在门洞中钻出钻进
9号的信在信箱里沉沉大睡
9号的草坪蔓到柏油路上
9号的太阳起得晚睡得早
9号在风尘中褪去颜色
这个黄昏
9号响起敲门声
门下　站着一双雨鞋

1989

善良的愿望抑或倒放胶片的感觉

炮弹射进炮筒
字迹缩回笔尖
雪花飞离地面
白昼奔向太阳
河流流向源头
火车躲进隧洞
废墟站立成为大厦
机器分化成为零件
孩子爬进了娘胎
街上的行人少掉
落叶跳上枝头
自杀的少女跃上三楼
失踪者从寻人启事上跳下
伸向他人之手缩回口袋
新娘逃离洞房
成为初恋的少女
少年愈加天真
叼起比香烟粗壮的奶瓶
她也会回来
倒退着走路
回到我的小屋

我会逃离那冰冷
而陌生的车站
回到课堂上
红领巾回到脖子上
起立　上课
天天向上　好好学习

1989

停电之夜

今夜停电
城中一片黑暗
即使在黑暗中
我也能感觉到
眼睛的作用
我看见
蜡烛在抽屉里
抽屉在柜子中
柜子在房间的一隅
我在黑暗中
走向柜子
拉开抽屉
取到蜡烛
一切都很顺利
但却在折返路上
摔了一跤
并没有什么绊我
是我自己
闭上了眼睛

1989

恐怖的旧剧场

旧剧场是一片芜杂的荒草
疯长在我露天的记忆里
那是在不演电影的日子
坐在它的某排某座
盛传在那一年谣言里的那一个人
住在放映室的二楼上
舞台的帷幕动了起来
背后传来一声咳嗽
像一种无法预知的结局
我回过头来看见了什么
像一种无法预知的结局
背后传来一声咳嗽
舞台的帷幕动了起来
住在放映室的二楼上
盛传在那一年谣言里的那一个人
坐在它的某排某座
那是在不演电影的日子
疯长在我露天的记忆里
旧剧场是一片芜杂的荒草

1989

奇迹

镍币上的麦穗
在我口袋里
熟了

那天我穿过大街
嘴里嘀咕了一句
什么
我也没听清

人们只嗅到
满街的麦香
谁也没注意
我
这个奇迹

1989

回故乡之路

回故乡之路
早已遗忘
我也忘却了
故乡的方向
是这样一个早晨
一匹在夜里梦见我的黑马
走进这座城市
停在我家门前
它望着我
俯身下去……

1989

新疆民歌

没尝过苦难的流浪汉
不懂得情义的珍贵
听不懂歌声的马儿
在路上也跑不远
阿依古丽　我的情人
我要用心为你编织花篮
你是我的　冬不拉
我是你的　美人痣

太阳下山明早依旧爬上来
花儿谢了明年还会一样开
美丽小鸟一去无影踪
我的青春小鸟一去不回来

1990

为司机点烟

为司机点烟
是一种仪式
在我嘴上点燃
深吸一口
递到他口中
这一过程
车拐了一个弯儿
这一过程
又吃掉了一截路
如果突然刹车
我会失去自控
一头撞碎
车窗的玻璃
但是没有
注视前方的司机
知道我在点烟
他动了动嘴唇
如果我是女的
也别无深意
我是个男人
便深化了仪式

路险且远　师傅
我的小命
在你手中

1990

饿死诗人

那样轻松的　你们
开始复述农业
耕作的事宜以及
春来秋去
挥汗如雨　收获麦子
你们以为麦粒就是你们
为女人迸溅的泪滴吗
麦芒就像你们贴在腮帮上的
猪鬃般柔软吗
你们拥挤在流浪之路上的那一年
北方的麦子自个儿长大了
它们挥舞着一弯弯
阳光之镰
割断麦秆　自己的脖子
割断与土地最后的联系
成全了你们
诗人们已经吃饱了
一望无际的麦田
在他们腹中香气弥漫
城市最伟大的懒汉
做了诗歌中光荣的农夫

麦子　以阳光和雨水的名义
我呼吁：饿死他们
狗日的诗人
首先饿死我
一个用墨水污染土地的帮凶
一个艺术世界的杂种

1990

黛玉进入我家

黛玉进入我家
我在门口
遇上她
从此我闭门不出
头悬梁锥刺股
日日苦读

黛玉住在我家
我在窗前
望着她
从此我躲进柴房
奋力劈柴
一丝不挂

黛玉睡在我家
我在床上
想着她
我在等她长大
我在等她
为我葬花
林妹妹

看看我吧
我不爱说话
也无玉
但诗作得好
而且力气大

1990

最后的长安人

牙医无法修补
我满嘴的虫牙
因为城堞
无法修补

我袒露胸脯
摸自己的肋骨
城砖历历可数

季节的风
也吹不走我眼中
灰白的秋天
几千年

外省外国的游客
指着我的头说:
瞧这个秦俑
还他妈有口活气!

1990

假肢工厂

儿时的朋友陈向东
如今在假肢厂干活
意外接到他的电话
约我前去相见
在厂门口　看见他
一如从前的笑脸
但放大了几倍
走路似乎有点异样
我伸出手去
撩他的裤管
他笑了：是真的
一起向前走
才想起握手
他在我手上捏了捏
完好如初
一切完好如初
我们哈哈大乐

1990

结结巴巴

结结巴巴我的嘴
二二二等残废
咬不住我狂狂狂奔的思维
还有我的腿

你们四处流流流淌的口水
散着霉味
我我我的肺
多么劳累

我要突突突围
你们莫莫莫名其妙
的节奏
亟待突围

我我我的
我的机枪点点点射般
的语言
充满快慰

结结巴巴我的命

我的命里没没没有鬼
你们瞧瞧瞧我
一脸无所谓

1991

色盲

你所讲述的彩虹
究竟如何美丽
我还看见了
一面尿片般的国旗
今生勉强下完
的一盘棋
是我帮你吃掉了
我的车
唉!
你说我饱受颜色的折磨
你说我只晓得光明与黑暗
的色泽
我死在城市的
红绿灯下
死不瞑目地看啊
那永远搞不懂的真假
这是宿命
最后一瞥
我看到了爷爷
一个色盲农民
一生收获
猩红的麦子

1991

致命的错别字

我看见鹿群狂奔
如丧家之犬
西沉太阳突然停顿
云彩坠落
一记山盟海誓的怒吼
来自河的对岸
草原深处
大地中央
在小鹿颤抖的目光上
一头虱子金发飘扬
兽中之王正在起床
随便打了一个哈欠

1991

乡村摇滚

一张张人脸
凑近了马槽
我看见它们嘴上正被咀嚼的干草

打谷场上嫂子
剥去我的裤子
一泡童子尿是一支丰收的歌谣

嘘！麦垛里有人
明月普照草的城堡
两个梦见天堂的人儿在睡觉

我继续胡闹
在河里摸鱼
在天上飞行并且调戏了一只鸟

怕鬼的爹爹快回家
今晚没你事儿啦
俺要和造反的鬼儿们一起打天下

1991

实录:非洲食葬仪式上的挽歌部分

哩哩哩哩哩哩
以吾腹作汝棺兮
哩哩哩哩哩哩
在吾体汝再生

哩哩哩哩哩哩
以汝肉作吾餐兮
哩哩哩哩哩哩
佑吾部之长存

哩哩哩哩哩哩
汝死之大悲恸兮
哩哩哩哩哩哩
吾泪流之涟涟

哩哩哩哩哩哩
汝肉味之甘美兮
哩哩哩哩哩哩
吾食之则快哉

哩哩哩哩哩哩

1991

梅花：一首失败的抒情诗

我也操着娘娘腔
写一首抒情诗啊
就写那冬天不要命的梅花吧

想象力不发达
就得学会观察
裹紧大衣到户外
我发现：梅花开在梅树上
丑陋不堪的老树
没法入诗　那么
诗人的梅
全开在空中
怀着深深的疑虑
闷头朝前走
其实我也是装模作样
此诗已写到该升华的关头
像所有不要脸的诗人那样
我伸出了一只手

梅花　梅花
啐我一脸梅毒

1991

老狐狸

（说明：欲读本诗的朋友请备好显影液在以上空白之处涂抹一至两遍，《老狐狸》即可原形毕露。）

1991

名片

你是某某人的女婿
我是我自个儿的爹

1991

反动十四行

在这晌午　阳光底下的大白天
我忽然有一肚子的酸水要往外倒
比泻肚还急　来势汹汹　慌不择手
敲开神圣的诗歌之门　十四行

是一个便盆　精致　大小合适
正可以哭诉　鼻涕比眼泪多得多
少女　鲜花　死亡　面目全非的神灵
我是否一定要倾心此类

一个糙老爷们儿的浪漫情怀
造就偶尔的篇章　俗不可读　君子不齿
或不同凡响　它就是表现如何的糙

进入尾声　像一个真正的内行　我也知道
要运足气力　丹田之气　吃下两个馒头
上了一回厕所　不得了　过了　过了
我一口气把十四行诗写到了第十五行

1992

诺贝尔奖:永恒的答谢词

我不拒绝　我当然要
接受这笔卖炸药的钱
我要把它全买成炸药
尊敬的女士们先生们
尊敬的瑞典国王陛下
请你们准备好
请你们一齐——
卧倒!

1992

拜师学艺

在这清风拂面的早晨
小木匠学手艺

手把手的师傅
教他打棺材

为什么？为什么？
瞪大双眼勤学好问

什么也不为！师傅说
棺材——简单

1992

没事儿

没事儿
没事儿之人站在风里
愣是没事儿
卸掉下巴
卸掉左膀右臂
卸掉大腿不容易
他在努力
把自己大卸八块的感觉
说不出来
在说不出来的感觉里
在风里
没事儿之人有事可干了
他在努力

1992

广告诗

挡不住的诱惑
是可口可乐

非洲儿童的饥渴
紧咬美国奶妈的乳房
拼命吮吸里面的营养
里面的营养是褐色的琼浆

可口可乐新感觉
挡不住的诱惑

1992

催眠术

我睡了　我看见
朝阳初升
出海的小船
载我的尸体
驶向彼岸

我睡了　我看见
青天白日
一头恐龙
在高速公路上
奔驰

我睡了　我看见
夕阳西下
翻过一面山坡
回到摇篮
不是妈妈催我入眠

我睡了　我看见
月上东山
死猪不怕开水烫

你们问我的
我一概不知

我睡了　我看见

1993

诗意的发现

我来到阔别三年的墓园
发现我拜谒的墓碑
已不在老地方　诗意的发现
我是说灵魂在前进
每天每一寸

1993

当年的情书残片

1
咱们是
同一战壕里的战友
我亲爱的女同志

2
在祖国上下一派
莺歌燕舞的大好形势下
你的江山如此多娇
引无数英雄竞折腰

3
我怀着朴素的阶级感情
怀揣一颗红亮的心
想与你交流交流思想

4
向毛主席保证
我爱你海枯石烂心不变
比爱毛主席还要爱你

5
东风吹着你的小辫儿
你红扑扑的小脸
比红旗还鲜艳

6
我心中潮水般汹涌
翻腾着一股小资情调
我已经等不及了

7
亲爱的女同志
我想犯回错误
就一次

8
此致
"无产阶级文化大革命"的
崇高敬礼

1993

采访手记

采访屠宰厂
厂长

请谈谈改革
带来的……

过去杀猪用刀
一刀一个

如今——
"唰"的一下

用电——
方便 杀得多

1993

禅意顿生

一只水墨的鸟落在宣纸之上
是一只大概的鸟

画家愁眉不展　脱去西装
换上一件长衫

整个上午　费尽心机　怎样
使这幅画生发一点禅意

我　偶然的闯入者　大大
咧咧　莽撞地触到他的手

饱蘸墨汁的笔被触动了
掉下几颗黑色的泪珠　正好

落在鸟儿臀部的下方　形同
鸟屎　对不住实在对不住

如何是好？解铃还须系铃人
我建议说：在鸟屎落下的正方……
画家听从了我的建议　画了

一只秃瓢——和尚的秃瓢

禅意顿生！禅意顿生！画家
兴奋地搓着手　在室外来回地走

1994

中国朋克

那绝对是摇滚的场面

三十年前
我的祖父被红卫兵小将
强行剃成

一种奇特的发型
不阴不阳不人不鬼
颇似今天流行的那种

中国朋克:三十年前

1994

悟性

这个世界是好玩的
这个世界总他妈玩我才使我觉得它好玩

1994

使馆区的晚宴

在使馆区的晚宴上
有人在骂我
是我同胞中
写诗的一小撮
我并不在场
且远离首都
住在外省　那时
我正骑着单车
骑在回家之路
突然打了一个喷嚏
我想：他们骂我的
理由非常简单
——船票有限
而我也身强体壮牙口漂亮
是头潜在的可以明码标价的黑奴

1994

星期天

我在一本画册上
看了
凡·高的两幅画
不是用钞票裱过的
那些个名作
是两张不起眼的画
一幅叫《高更的椅子》
另一幅
叫《凡·高的椅子》
尽管我没舍得
买这本画册
可我
已被感动得
南辕北辙
顺势坐反了
回家的电车

1994

我的祖先

那些沦落市井的无聊之徒
整日吃喝嫖赌
为件小事去杀某人
视生命为粪土

也曾像小孩般天真过的
我的种族
以行刺作为风尚的
遥远的上古

他们是——我的祖先
我冲动的骨血的渊源
那些摇着扇子晃着脑袋的一群
不算

1994

回答母亲

和母亲坐在一起
看电视　这种景象
已经很少见了

电视里正在演一位
英雄　在一场火灾中
脸被烧得不成样子

母亲告诫我
"遇到这样的事
你千万不要管……"

久久望着母亲
说不出话　这种景象
也已经很少见了

母亲早已忘记了　曾经
她是怎么教育我的
怎么把我教育成人的

"妈妈放心吧
甭说火灾啦
自个儿着了我也懒得去救"

这样的回答该让她
感到满意　看完这个节目
她就忙着给我炖排骨汤去了

1995

观察

我看见
三个轮子的
汽车在跑
只有
三个轮子
在转
另一个轮子
是备用的
背在后面
不转
也许还有
一个轮子
在转
我看不见

1995

警示录：一部黑白电影的分镜头叙述

特写：一张少女的脸庞
那灿烂的脸上
她的嘴在欢呼
喜极而泣
中景：十个或更多的
少女在欢呼
纤长的手臂举起
伸向某个方向
远景：更多更多的
少女构成一片
欢腾的海洋
海浪朝着一个人
激荡
特写：小胡子
左分头
阿道夫·希特勒
此刻的表情
像一名
正在发功的气功大师

1995

在精神病院等人

坐在精神病院
草坪前的一张长椅上
我等人

我是陪一个朋友来的
他进了那栋白楼
去探视他的朋友

我等他
周围是几个斑马似的病人
他们各自为政

在干着什么
我有点儿发虚
沉不住气

我也得干点儿什么啊
以向他们表明
我无意脱离群众不是一小撮

1995

等待戈多

实验剧团的
小剧场

正在上演
《等待戈多》

老掉牙的剧目
观众不多

左等右等
戈多不来

知道他不来
没人真在等

有人开始犯困
可正在这时

在《等待戈多》的尾声
有人冲上了台

出乎了"出乎意料"
实在令人振奋

此来者不善
乃剧场看门老头的傻公子

拦都拦不住
蹿至舞台中央

喊着叔叔
哭着要糖

"戈多来了!"
全体起立热烈鼓掌

1995

伤口之歌

我对伤口的恐惧
是发现它
像嘴
吐血

我对伤口更深的恐惧
是露骨的伤口
龇出了
它的牙

我的周身伤口遍布
发出了笑声
唱出了歌

1995

十万个为什么之一

当征服者把我们征服之后

在外星人的厨房里
你被做成了熏肠
我被做成了香肠

为什么会这样？而不是
我被做成了熏肠
你被做成了香肠

我的疑惑充满根据
香肠他们一天要吃六根
熏肠他们六天才吃一根

我蒙冤的灵魂在天发问
为什么——
为什么——

1995

20 世纪的开始

一只孩子的
冻皴的
小手
将一块
老旧的
金壳怀表
置于当铺的
桌面
在大雪纷飞的
冬天午夜
三秒钟后
它被拿走
被一只
瘦骨嶙峋的
大手

那精准的怀表
指针转眼
跳过的
三秒钟

这个过程
是一个结束
和一个开始

1995

京剧晚会

锣一敲
出来一个男人
咿咿呀呀学女人
拿着手绢
学女人哭的样子
我早有所闻
学得最像的那人
就是这行的大师

我睡着以前
见一些老家伙闭着眼
头朝后仰去
口中念念有词
我想他们也想学女人
我睡着的时候
听见一声"好"
吓了我一跳

又出来一个男人
学女人哭的样子
比前一个学得更像

我大喝一声"好"
可能喊得不是时候
他们全回头看我
叫我滚蛋
我也正欲滚蛋

1996

大唐的余光

在长安　粉巷
二层的木楼上
从一个妓女的眼中
望出去　一个日本来的
和尚叫人感到不可思议
他目不斜视地穿过闹市
不嫖　不赌　不闻丝竹
住在一间租来的木屋里
深居简出　玩命抄写
那没完没了的经卷
偶尔与人交谈
也像是在打探
从一个妓女的眼中
望出去　此人的气质
不像和尚像个武士

1996

感恩的酒鬼

一个酒鬼
在呕吐　在城市
傍晚的霞光中呕吐
在护城河的一座桥上
大吐不止　那模样
像是在放声歌唱
他吐出了他吃下的
还吐出了他的胆汁
我在下班回家的路上
驻足　目击了这一幕
忽然非常感动
我想每一个人都有其独特的
对生活的感恩方式

1996

儿子的孤独

半岁的儿子
第一次在大立柜的镜中看见自己
以为是另一个人

一个和他一样高的小人儿
站在他对面
这番景象叫我乐了　仿佛
我有两个儿子——孪生的哥儿俩

两个小人儿一起跳舞
同声咿呀　然后
伸出各自的小手
相互击掌　一言为定

我儿子的孤独
普天下独生子的孤独
差不多就是全人类的孤独

1996

复调

光明被孩子
利用的事实
发生在
童年的夏天
太阳的光
聚在我手中
的放大镜上
屠杀一批批
搬迁途中的蚂蚁
它们烧焦的尸体
横了一地

黑暗被孩子
利用的事实
发生在
停电的夜晚
手电筒的光
打在我
吐露的舌头上
躲在暗中
突然出现

把两名女生
吓得尿了裤子

光明与黑暗
被一个孩子
利用的事实

1996

冥王星

冥王星的两极
堆满积雪
与我们的星球相似

真是罕见
今天早晨的我
是个关怀宇宙的人

就像关怀自个儿的睾丸
有无可疑的病变
我盯着茫茫银河最远的星一颗

1996

去年冬天在曲阜

采气的人
怀抱一棵树

熊一样抱住
那棵老树

那是孔子
亲手所栽之树

采气的人
满面红光　采到了气

收了手
与先前大不一样了

可偏偏有人
要将真相点破

点破的人
是操山东腔的女导游

她说：错了
不是这一棵是那一棵

而那一棵
几乎不存在

不过是树墩
围在围栏中

被千年的雷
劈成了这副鸟样

采气的人在一瞬间
脸儿变得煞白

这很没意思
更没意思的是

那个哈哈大笑
幸灾乐祸的我

1997

性爱教育

那是我们不多的
出门旅行中的一次
九年前　在青岛
那是属于爱情的夏天
海滩上的砂器和字迹
小饭馆里的鲜贝
非常便宜　记得
我们是住在一所
学校里　在夏季
它临时改成了旅店
那是我们共同的
爱看电影的夏天
一个晚上　我们
在录像厅里
坐到了天亮
一部介绍鱼类的片子
吸引了我们
使我们感到
震惊无比
那种鱼叫三文鱼
一种以一次

酣畅淋漓的交媾
为生命终结的
美艳之鱼
九年了
我们没有记住
它的美丽
只是难以忘记
这种残酷的结局

1997

在朋友家的厕所里

在朋友家的厕所里
我看到一本
自己的诗集
已经翻旧
在水箱的顶端
和手纸摆放在一起
没有什么比这
更叫我幸福的了
他书架上的书
都落满了灰
而我的诗
在他下面的快感
得到满足的同时
给了他上面的快感
在厕所里
是我给了
我的朋友
一个必要的平衡

1997

一年记住一张脸

那人用獐头鼠目
来形容最为恰当
也最为简便
可这多少显得有点儿
不负责任
说了等于白说
因为你仍不晓得
他究竟长得如何
无论如何
过去的一年
在所有陌生人中
我只记住了这张脸
带着菜色　一张普通的
殡葬厂炉前工的脸
那一天　我推着
母亲的遗体向前
他挡住我的去路说
"给我，没你事儿了"
我把事先备好的一盒
"三五"塞给他
他毫无反应地收下

掉头推车而去
那个送走母亲的人

1998

张常氏,你的保姆

我在一所外语学院任教
这你是知道的
我在我工作的地方
从不向教授们低头
这你也是知道的
我曾向一位老保姆致敬
闻名全校的张常氏
在我眼里
是一名真正的教授
陕西省蓝田县下归乡农民
我一位同事的母亲
她的成就是
把一名美国专家的孩子
带了四年
并命名为狗蛋
那个金发碧眼
一把鼻涕的崽子
随其母离开中国时
满口地道秦腔
满脸中国农民式的
朴实与狡黠
真是可爱极了

1998

细节的力量

她记住了那个吻

不是因为
此番唇舌间的运动
有什么特殊感觉
只是作为另一个
当事者的他
在完事之后
用手背
抹了抹嘴唇

像是餐后

1998

致敬

街巷笔直
大路通天
迎面而来的行人
黑压压的
谁引我举手加额
内心满含敬意
——一个孕妇
仿佛行于冰面的
企鹅
那么美丽
那么骄傲和幸福

1998

一次性触球

很多年前
一位足球教练
(其实也就是
一位中学体育教师)
告诉我关于
一次性触球的理论
他说要让接球
与传球成为
同一动作
一个
最合理的动作
尽量省去
带球的过程
更不要粘球
后来的话
他是站起来讲的
他的声音
响彻了那所
中学的足球场
他说:你的目的
是要用最少的动作

即最短的时间
把球送到对方
最危险的地带去
后来
我没有像他
期待的那般
吃上足球这碗饭
但他的理论
肯定与我的写作
相关

1999

耿耿于怀

爷爷总是忘不了
临死还耿耿于怀
1968年　拎着皮带
把他打翻在地
再踏上一只脚
使其永世不得翻身的
不是军人不是警察
而是一个戴眼镜的人

爷爷总是忘不了
临死还耿耿于怀

1999

中国底层

辫子应约来到工棚
他说:"小保你有烟抽了?"

那盒烟也是偷来的
和棚顶上一把六四式手枪

小保在床上坐着
他的腿在干这件活儿逃跑时摔断了

小保想卖了那枪
然后去医院把自己的断腿接上

辫子坚决不让
"小保,这可是要掉脑袋的!"

小保哭了
越哭越凶:"看我可怜的!"

他说:"我都两天没吃饭了
你忍心让我腿一直断着?"

辫子也哭了
他一抹眼泪:"看咱可怜的!"

辫子决定帮助小保卖枪
经他介绍把枪卖给了一个姓董的

以上所述是震惊全国的
西安"十二·一"枪杀大案的开始

这样的夜晚别人都关心大案
我只关心辫子和小保

这些来自中国底层无望的孩子
让我这人民的诗人受不了

1999

珍珠泉纪事

珍珠泉是一个公共澡堂的名字
我小时候常去那里洗澡
印象中它的样子
是日本电影《望乡》中
妓院的样子
想起它
我还能想起一些旧事
印象最深的一件是
两个男人光着身子
在休息间里打架
那个场面
令当时只有十二岁
毛未长全的我
也感到难堪
该扭曲的扭曲了
该晃荡的晃荡着
动作多多
却收不到效果
场面实在难看
我目睹此景
曾暗自发誓

就算受了天大的侮辱
我也不能在澡堂里
和人打架
一定要打
那就穿好衣服再打

1999

第二辑　春天的乳房劫

地球的额际

一堆胖女人笨拙而性感的舞蹈
一个孩子在祈祷　这里是环礁岛
而在千年岛　一只船载着火把
正驶离岸　在土著们的咒骂声中
一个黑人吹响了千年海螺
在巴勒尼群岛的海滩
天空中阴云密布　景色苍茫
一只海鸟在飞
第一缕曙光照耀着基里巴斯
但阳光没有　被云层阻隔
新千年的第一缕阳光西移
照在新西兰查塔姆群岛的
奥喀罗湾　一个白发老头
领着孩子　高声赞颂
毛利人正用欲飞之姿
装扮成鸟
呼唤太阳升起
而太阳正在升起
新千年太阳的初吻
轻落在地球的额际

2000

《血疑》

有天晚上
他们聊到很晚
好像很冷
光夫给幸子
做了味噌汤
我至今不知道
什么是味噌汤
如何做的
只记得幸子
捧着木碗
喝得很香
患白血病的
清纯女孩
楚楚可怜
我至今不明白
他们为什么
不抓紧时间
做爱
至死没有
或者只是
没有这样的镜头

这就决定了
我中学时期的爱情
光知道爱
不知道做爱

2000

血液净化中心

一座单独的小楼
像一张嘴的形状

我知道命在这里
是可以用钱买到的

我的母亲拒绝了
这项交易

作为尿毒症患者
她拒绝透析

拒绝自己的血
在此得到净化

她的信念
朴素而又简单

她说早晚都是一死
她不希望在她死后

父亲变成一个
一贫如洗的穷老头

而我身为儿子的痛苦在于
就算我拼命挣钱

也喂不饱这张
能吐出命来的嘴

2000

鸽子

在我平视的远景里
一只白色的鸽子
穿过冲天大火
继续在飞
飞成一只黑鸟
也许只是它的影子
它的灵魂
在飞　也许灰烬
也会保持鸽子的形状
依旧高飞

2000

原则

我身上携带着精神、信仰、灵魂
思想、欲望、怪癖、邪念、狐臭

它们寄生于我身体的家
我必须平等对待我的每一位客人

2000

1993 年 8 月 16 日

父亲将我赶出家门的那天
我的诗在《诗刊》上发表了
我是在骑车途经小寨邮局的
报刊亭时偶然发现了这一奇迹
他们在事前并没有通知我
我不是第一次在《诗刊》发诗
但这是比较难发的两首
一首是《饿死诗人》
一首是《梅花：一首失败的抒情诗》
后来我坐在外语学院后门外
一家简陋的面馆里
手捧当期《诗刊》
有一种登堂入室的感觉
有一种忽然在衙门里
觅到一份差事的感觉
有一种将自己豢养的两条恶犬
放到一群绵羊中去的感觉
我知道这哥儿俩
将战功赫赫地归来
我手里的蒜已剥好
我要的面已上来

狼吞虎咽
被赶出家门算得了什么
等这碗面一下肚
老子就出名了

2000

对生活的爱需要被唤醒

那是旧历新年的前夕
在超市里
我用推车推着儿子
和采买的各种物品
向前进
儿子嚼着巧克力
快要睡着了
躺在车里
跟个小佛爷似的
所有人都笑眯眯地
朝他看
有那么一个老者
干脆不走了
蹲在推车前看他
然后问我
"买一个儿子
要多少钱?"
他的语气
他的神情
在一瞬间
将春节的气氛

带给了我
我在这一刻决定
要好好过一个年

2001

有一年我在杨家村夜市的烤肉摊上看见一个闲人在批评教育他的女人

你是不是看上那个小白脸了啪一耳光
你要是看上他了你就跟我说啪一耳光
你要是看上他了你就跟他走啪一耳光
哭啥呢哭啥呢我好好跟你说话呢啪一耳光
他要是敢欺负你你就来跟我说啪一耳光
是不是占了咱便宜现在又不要咱了啪一耳光
那你去把他叫来我只要他一块肉烤了下酒啪一耳光
啥你说啥对不起我你没啥对不起我啪一耳光
你跟个穷学生要是没钱了回我这儿拿啪一耳光
你跟他走过不惯再回来咱们接着过啪一耳光
不是不是那你哭啥呢跟他好好过日子去呗啪一耳光
反正你走到哪儿都是我的人啪一耳光
哭啥呢哭啥呢你是我的人我才打你啪一耳光
滚吧滚吧今儿晚上你就跟他睡去吧啪一耳光
他那老二咋样你明儿一早来跟我汇报一下我还就是不信这帮小白脸了啪一耳光
啥不让我找别的女人你管得着吗你以为你是个什么东西今儿晚上我就找仨啪一耳光
嗨吃烤肉的胖子你看啥呢我教育我女人你看啥呢啪一耳光

2001

父亲一生的真情告白

起初我并没有爱上你的母亲
她对所有人都好
一只善良的羔羊
周围全是虎狼
我怕她被他们吃掉
预感到我不出马
她在这世上的日子
就不会很多
我开始夜夜操心此事
直至挺身而出
那是广播里播送着
暴风雪的消息
一个疯子在河岸上裸奔
"运动来了！运动来了！"
他嘴里这样喊着
提醒我立即行动
着手解决
赶在风暴来临之前
把你的妈娶回咱家

2001

9·11心理报告

第一秒钟目瞪口呆
第二秒钟呆若木鸡
第三秒钟将信将疑
第四秒钟确信无疑
第五秒钟隔岸观火
第六秒钟幸灾乐祸
第七秒钟口称复仇
第八秒钟崇拜歹徒
第九秒钟感叹信仰
第十秒钟猛然记起
我的胞妹
就住在纽约
急拨电话
要国际长途
未通
扑向电脑
上网
发 E-Mail
敲字
手指发抖

"妹子,妹子
你还活着吗?
老哥快要急死了!"

2001

非关红颜也无关知己

亲爱的
亲爱的
亲爱的
为什么
别人只见我
体内的娼馆
而你总能发现
我灵魂的寺院
并且
听到钟声

2001

饺子

大年三十那天
他和父亲埋头在地里
干了一整天的活儿
所以他在往家走的途中
记准了蛇年
最后一轮夕阳的模样
回到家中
母亲端上了
热气腾腾的饺子
吃过之后他就睡了
因为第二天
他和父亲还得下地干活
必须这样做
因为他每年的学费
就是（也只能）
从地里刨出来

一位来自
乡村的大学生
在我的课堂上
做口头表达的练习时

向大家讲述
他如何过年
在五分钟的过程里
他叙述平稳
语调冷漠
只是在说到
饺子一词时
才面露微笑

2002

行刑

宰了
爱我的两个女人
还不算够狠
关键在于
我采用的形式
是让她们下油锅

油锅滚沸
她们扑腾着
那变成骷髅以前的脸
那快要没有的嘴
还在大叫着
我的名字

听完我站着成灰

2002

放下了

看见雪山我没有放下
那处女一样的雪山
也没能让我放下
看见黄河我没有放下
天下黄河青海清了
也没能让我放下
放不下
放不下
塔尔寺里有一千盏
酥油灯的神圣
一名紫红大袍的藏僧
抡动着肌肉饱满的大臂
鼓声滚滚而来
震破我缺氧的
心以及灵魂
我还是放不下
只是——
当我结束了此次远行
回到家中
手中的圆珠笔
在笔记本里追踪着

这首诗的时候
一切都放下了
该放下的
和不该放下的
统统被我放下了

2002

大雁塔我留下
送君一座小雁塔

同游者登塔去了
在庭院深处
长亭的一角
我四肢摊开
那么舒服地靠着
在《梁祝》的古筝
和由我自己撞响的
不绝于耳的古钟里
可以享受一次
千年的午寐
无梦的小睡
眼前很黑
醒来之时
却满脸泪水
哭的表情
在脸上凝固
我无所哭
一定是什么
那更大的
更高的什么
那更小的

更低的什么
借我一用
用我来哭

2002

没发出去的 E-Mail，给 G

有一点和你预言的
有所不同
追名逐利的路上
我仍会想起你
那是在瑞典南部
乡村的别墅区
散步的时刻
我想你会喜欢
这些油漆得
十分漂亮的木屋
一家三口
住在里面
和外界少有联系
不被打扰
下辈子吧
亲爱的
这辈子我身为一名
脏乱差的诗人
恋着我们
脏乱差的祖国
离不开啊

下辈子我争取投生

为一名瑞典的医生

还是娶你

并给你这样的生活

2002

交流

在奈舍的湖畔公园里
黑头巾包不住她的美丽
一位荡秋千的阿拉伯妇女

我走近她的时候
她开口和我说话
用的是英语
我听岔了
以为她是在催我远离
催一个无事可能
生非的男人
尽快远离

我正在迟疑
却又听明白了
她的后两句
她是在问我
荡不荡秋千
意思是她可以
让给我玩
我真想走上前去

搭把手
加点力
把这位荡秋千的
阿拉伯妇女
荡得更高一些啊

但想了想
又决定放弃

2002

忘年的情人

儿子抱着
母亲的墓碑

活到二十一岁的儿子
抱着十八岁死去的母亲的墓碑

抱着因生他而死的母亲
感觉像抱着自己的情人

我这么做时已经三十六岁
抱着六十岁死去的母亲的墓碑

如此忘年的情人
男人们都会拥有

2003

5

一个人
从一条街上
走过
与别的人
肯定不同
因为
在他掌心里
有一个
圆珠笔
留下的
阿拉伯数字
5

2003

口罩

平常日子
我看见口罩
总想知道
它罩住的一张脸
是美的?
是丑的?
这些日子
当瘟疫蔓延大地
我看见口罩
只想知道
它罩住的一张脸
是哭的?
是笑的?

2003

又逢夜半观球时

有人跑着跑着就死了!

让我在默哀中祈祷
让我在祈祷中确信

将来的某一天
未来的某一届

有人死了死了还跑着!

2003

汉茂陵石刻记

在这个历史悠久的国度里
最伟大的艺术品也只配
享受末流的待遇
这样正好——
眼前的这些宝贝没有被
运到北京去
罩在玻璃里
而是留在原产地
远处是汉武帝的大坟
近处是霍去病的小碑
比他们更为不朽的石头
被放置在两座长亭里
跟放在露天差不多
这个季节多麻雀
小家伙们飞来飞去
累了就在这些石头的
怪兽头上栖息
并不感到惊恐
长此以往

鸟粪——不同年代的
鸟粪便成了这些
大巧若拙的石刻上
唯一的图饰
美丽的花纹

2003

西施兰颂

我要高声赞颂
此种夏露
此种汗臭灵
此种滴液
我是它二十年
以上的使用者
它使我天生的狐臭
得以控制
不得远播
很好地起到了欺骗
一般群众的效果
让他们以为
我和他们一样
都是香喷喷
至少无味的

2004

今天是你的生日我的老婆

有人唱
人世间最浪漫的事
照我看
是最实在的事
就是和你一道
慢慢变老
老成两只老猴子的时候
盘腿坐在床上
就当是在树上
相互挠痒痒
有虱子的话
还可以捉两只尝尝
老婆子
你那长长的
缠在我脖子上
三圈不止的玉臂
已经枯干如柴
却是我一辈子
也享用不够的
人骨牌老头乐啊

2004

途中

车子沿额尔古纳河蜿蜒前行
河之对岸就是俄罗斯

车子沿额尔古纳河蜿蜒前行
你感觉那著名的俄罗斯大地

像一群忠诚的大狗跟着你

2004

白桦生北国

树上有疤
仔细看
那是
万人之疤
不知道有谁

树上有眼
仔细看
那是
一人之眼
你知道是谁

2004

父亲的爱,父亲的诗

爱子如命啊
我爱子如命
亲爱的儿子
当你长大之后
发现父亲
打你小时候起
引导你吃的食物
虽然未必好吃
却都有着壮阳的功效时
你不必太过感动
父亲的爱
父亲的诗
就是这么具体实在得
有那么一点儿伟大啊

2005

1972 年的元宵节

一个孩子
一个和我一样大的孩子
提着一只红灯笼
在黑夜之中跑过

我第二眼
又看见他时
只见他提着的是
一个燃烧的火团

那是灯笼在燃烧
他绝望地叫唤着
仍旧在跑

在当晚的梦中
我第三次看见了他——

变成了一个火孩子
在茫茫无际的黑夜中
手里提着一轮
清冷的明月
在跑

2005

姑妈口中的爷爷

他在喧嚣的红尘中
他在时代的暗夜里
忠实于自己的内心
做着他的家训
为自己的后代
当好先知
他说:我们家的孩子
都是比较笨的
不善于和人打交道
那就与天与地为友
并在天地之间
安放自己的追求

2005

中国人的清明节

也许是因为没有
站在上帝面前的习惯
我们也就不会
站在死者墓前
垂首默哀
念念有词

哦！这就是我们中国人
我不骄傲
但很自在
清明节这天
雨过天晴
我和我的家人
围坐在
庭院一般的
先祖的墓园里
就像在家庭的晚宴上
那样正常地说话
仿佛他们都还活着
听得见
并且以沉默作答

献上的供果
最后被孩子吃掉了
据说这会有福的

清明
对我们中国人来说
是用来郊游和踏青的
春天的节日
和漫山遍野的
鬼魂一起

2005

盲道

我知道盲道的存在
没几年——几年中
我从未在盲道上
看见过一个盲人
（他们戴墨镜吗）
也没看见过
一个明眼的人
贸然走在上面
盲道以外
全都是人
熙熙攘攘
密不透风
空出这黄色盲道
看似无用的
真空隧道
却是条条大路的
动脉血管

2005

酒桌上的谎言

春节期间
与老友聚会时
酒酣之际吐出的话
被他们当了真
我说:"我在三十岁以前
已经过了美人关
我在四十岁以前
已经过了名利关
我争取在五十岁前
把生死关给丫过了
老子连活都不怕
还怕死吗?"
我的朋友们
把我的话当了真
就敬着我这个人
其实我对他们撒了谎
其实我一关都没过

2006

春天的乳房劫

在被推进手术室之前
你躺在运送你的床上
对自己最好的女友说
"如果我醒来的时候
这两个宝贝没了
那就是得了癌"
你一边说一边用两手
在自己的胸前比画着

对于我——你的丈夫
你却什么都没说
你明知道这个字
是必须由我来签的
你是相信我所做出的
任何一种决定吗
包括签字同意
割除你美丽的乳房

我忽然感到
这个春天过不去了
我怕万一的事发生

怕老天爷突然翻脸
我在心里头已经无数次
给它跪下了跪下了
请它拿走我的一切
留下我老婆的乳房

我站在手术室外
等待裁决
度秒如年
一个不识字的农民
一把拉住了我
让我代他签字
被我严词拒绝

这位农民老哥
忽然想起
他其实会写自个儿的名字
问题便得以解决
于是他的老婆
就成了一个
没有乳房的女人

亲爱的，其实
在你去做术前定位的
昨天下午

当换药室的门无故洞开
我一眼瞧见了两个
被切除掉双乳的女人
医生正在给她们换药
我觉得她们仍然很美
那是我已经做好了准备

2006

晚景

小时候我猛地一吸
嘴唇上边的鼻涕虫
就没了

我发现
随着年龄的增大
人对鼻涕的控制力
越降越低

于是我明白了
那个在泡馍馆里
坐在我对面的老头
他在吃泡馍的时候
鼻涕不由其控制地流到碗里头

正是明日的我

2006

从楚回秦

我体会到了
一个秦人从楚国
回到秦国之后的感受
关中平原的麦子已熟
差一点点就错过了收割
他从地里头捡起一株
颗粒饱满的麦穗
凝视着麦穗
想念起能写一手绚烂楚辞的
屈原和宋玉
编钟在耳边
杂乱地敲着

2006

此诗属于宁夏回族诗人马茹子

你来自六年不下一滴雨的同心
兄弟,我记得你在会上发言说:
当地的婆姨担水时
看见水桶里的水滴
掉落在地
竟会情不自禁地
发出哎哟一声
心痛的叹息
……

兄弟,今天你来了信
发来了咱俩在老龙潭
极富质感的石崖前的合影
你在信中说:"很高兴!
下了一夜大雨!
山区人民有水吃了!
愿真主护佑他们!"

2006

县医院的拖拉机

县医院的病房里
突突突地开进了一台
手扶拖拉机
那是被陪护者甲
硬生生强指成机器的一个
人——中年农民患者乙

甲指着乙
对探视者丙说:
"他这台拖拉机呀
所有零件全都坏屎啦
左右两肾全都长瘤
心也坏啦肝也坏啦
前列腺也有毛病
所有零件全都坏啦……"

"谁叫他不看病呢!
他这一辈子
好像从来
就没看过一次病"
丙摇摇头

叹口气
望着乙说

乙靠在床头
表情像笑
其实是不好意思了
他还顾不上怕死
只是为生病而羞愧
憋了好半天
终于说出话来——

"丢人哩!
俺这台拖拉机就快报废尿啦!"

2006

高峰体验

半个舌头麻醉了
是钻牙时为了解除痛苦
注射进牙床的一针麻药
捎带着麻醉了半个舌头

仿佛在朝鲜半岛上
强行画出的那条三八线
将一国分成两半
一半麻醉一半痛苦

甚至激我想象出
池塘里最后一条泥鳅
被人类用麻醉枪
射杀时的惨象

走出口腔医院以后
受了大罪的我想安慰一下
我那无辜的舌头
就摸出一支烟来抽——

烟草的香味被享用了
只属于半个舌头
另一半好似麻木的焦土
任凭硝烟滚滚而过

2007

暖冬之夜

等雪
等得心痒痒
抬头
瞧见白月亮

2007

海南岛

那一枚椰子
漂浮在海上

天空的情人
俯首的白云

啜饮着
他的心

2007

心,还是心

不到荷兰你不会知道
凡·高画得究竟有多像
不是不像而是就是
俗人的眼看不到这一点
是因为他们看任何事物
都不是用心在看
更看不到别人的心——

凡·高所画的荷兰是有脉搏的
我看见画框都在扑扑地跳啊

2007

我的神赐我以暴雨的启示

终于到达了江油
也就到达了李白故里
我来了
带着《唐》
我想李白应该显灵

在李家的堂上
当一只黑脚蚊子
停在我的胳膊上
准备大吸我血的时候
我想：难道这就是李白？

不管是不是
想吸就吸吧
不管怎么说
不是李白
也是李白家的蚊子……

这样想着
屋外电闪雷鸣
暴雨骤降

在屋檐之下
形成一道密不透风的水帘
李白的塑像
就坐在水帘的后面

我想起上月在荷兰
在见到凡·高之前的
那场突如其来的暴雨
哦！我的神
为什么都喜欢显灵为雨
一场暴雨
此中有大启示

在我一步跨出
李家大院的那一刻
暴雨骤歇
百步之内
天已放晴

来到停车场
问那管理员
说这里不曾下过半滴雨
地面果然是干的
唯有赤裸裸的阳光躺在上面

2007

摩梭人家

当我一步跨进这家院子时
二层木楼上的小男孩
欣喜地看了我一眼
然后对着他的妈妈
发出一声:"爸爸!"

我的眼泪差点儿被叫出来!

2007

授课

"中国文学史
是一部贬官的花名册
和不得志者的难民营
由是推之
今天在我们眼前
晃来晃去的这些角儿
将无法构成
明天的历史……"

话说到此
讲桌上的麦克风被震哑了
而教室里的灯一盏盏亮了

空旷的教室——没有人听

2008

在场者诗

长安城中过
举头望天空
大师像超人
未长翅膀也能飞

哦！这就是唐朝

长安城中过
平视看众生
形容枯槁
目不识丁

哦！这也是唐朝

2008

第三辑 飞越太平洋

草坪

这块绿色的草坪
有生命也有死亡

倒不是
停在上面的除草机
提醒着我们
草在疯长

是玉色蝴蝶
在翩翩起舞
一只将另一只
追逐

宛如一面绿色旗帜上
掠过两块纷飞的弹片

2010

世界的角落

一个人
面对一堵墙
踢球
射门练习
踢到酣时
猛然想起
小时候
父母单位里
那个踢球最好
教我最多的叔叔
已经不在人世了
去年春天
父亲去火葬场
参加的追悼会
不就是他的吗
这时候
我这个无信者
条件反射般
在胸前画了个十字
表面上看

像是在模仿

球星的动作

然后踢得更猛了

2010

挑战

在德国女作家余蒂娜的博客里
在她游历伊朗所留下的
几篇文字中
我注意到四个字
是她对该国及其人民的评价
——"善良轴心"!
是对话语强权的挑战
微末如离离原上草
能点燃夜空的闪电

2010

冬至

那时我正在写作
忽然怔住了
那是听到一种
有节奏的敲击声
自楼上传来
哦！我听得分明
那定然是
楼上独居的
孤寡老人
在剁饺子馅
我的胃泛起
温暖的潮水
这座冰冷的新楼
像个输液的植物人
在打击乐里
恢复了记忆

2010

辋川

高速公路路牌上
刚一出现此地名
便见有人
头戴斗笠脚穿草鞋
横穿而过
便听有人
声泪俱下一声高呼：
"王——维！"

2010

金丝峡传说

相传李白乘鹤西去
托生为天马一匹
无不思念着
长安与秦岭
便踏空而来
跑到酣时
身上冒出莲花云
淌下墨汁汗
好一匹汗墨宝马呀
其中一滴
滴落在秦岭南麓金丝峡
这一块凸起的山崖

以上传说
乃李白传人伊沙原创
沙于庚寅年暮春某日
攀上此崖
信口诌来
分文不取
传于后世

2010

智慧

宗显法师是个有智慧的人
他应要求讲述
自己当年出家的往事
像在写一首诗
一首口语化的现代诗
那黄昏的寺院
僧侣们的晚课
让他感觉到幸福
那身 20 世纪 90 年代初
还十分稀罕的白西装
决绝地自剃
一头摇滚青年的长发
充满细节的人性叙述
令我怦然心动
而真正让我见其智慧的
是他对一位自称
正徘徊在基督与佛陀之间的
女士的回答:"信基督吧!"

2010

菩萨：觉悟的众生

南岳深处
九峰之间
莲花掌心
广济禅寺
明月高悬
夜阑人未静
到此修炼一昼夜的
六十名骚客
六十名菩萨
分居于客房
尚未歇息
各忙其事
露台上人最多
十个菩萨
一边吸烟
一边争论
担当还是不
其中一位
来自广西的男菩萨
刚刚谴责过一位
北京来的女菩萨

穿得太少
袒肩露背
刚巧对方是名
在家居士
真觉得自己错了
去找法师认错
这就错上加错
或许原本无错
现在错了
她在第二天
惩罚了自己
足蹬高跟鞋
登上衡山顶
像一场自虐的酷刑
广西男菩萨
因此变得臭不可闻
再也无人搭理
就在这十名菩萨
正在争论的时候
有个湖南菩萨
来到寺院中间
唱起了山歌
呕哑嘲哳难为听
在会上
他老想用其破嗓子

呼喊革命口号

可疑的人

醉翁之意岂在诗

有两个河南菩萨

偷偷溜出寺门

在伸手不见五指的山路上

向上爬了三百米

摸到一家事先打探好的农家乐

酒肉穿肠过

煮酒论狗熊

醉眼看江湖

凌晨五点方才归来

进院后得见

一个广东菩萨

和一个四川菩萨

沿着走廊

来回踱步

忧虑现代诗歌的现在

畅想中国文化的未来

像是一场思想秀

搞得众菩萨中神经衰弱者

迟迟睡不着

在某间客房之内

一个陕西菩萨

在对一个山东菩萨

和一个天津菩萨
大讲诗坛八卦
江湖趣闻
神乎其神
他在睡前沐浴时
在卫生间里
见缝插针
干了一件
不可告人的小坏事
阿弥陀佛
这天晚上
有八个菩萨在磨牙
有十八个菩萨在说梦话
有二十八个菩萨在打呼噜
全体菩萨被蚊虫叮咬
蚊虫也是菩萨
另有三个菩萨
私自服下安眠药
其中一个女菩萨
吃了药还睡不着
开始默诵《心经》：
"观自在菩萨，
行深般若波罗蜜多时，
照见五蕴皆空，
度一切苦厄。

舍利子，
色不异空，
空不异色，
色即是空，
空即是色……"

2010

日本大地震

春天发情的死神
披头散发闯进邻家
开一场死亡的假面舞会
向我发来樱花请柬

我承认
我纠结于世仇
在魔鬼面具
和天使翅膀之间
徘徊良久

哦！戴上魔鬼面具
我心也不是魔鬼
安上天使翅膀
我就是天使飞翔

2011

春

公交站上
并肩站着两名
双胞胎美少女
其中一个
小脸气得通红
冲另一个骂道
真像在骂自己：
"你竟敢冒充我
去和他约会
太不要脸了！"

满街的桃花开了

2011

丹凤记

山美
太阳点亮灯盏的青山

水美
水草长袖善舞的绿水

人美
木槿花开庭院的少女

有鬼
江岸上垂钓者

钓到一条大鱼
正在大口生吃

2011

最好的发言

美丽的
在国家电视台做主持人的
摩洛哥女诗人
法蒂哈·莫奇德
她的行李在巴黎转机时
不慎遗失了
她在发言中
提及此事
用好听的阿拉伯语说：
"这是中国
古代的先哲
在启示我：
丢掉多余的行李
不过都是身外之物！"

2011

小舅子

小舅子
房产商
我当年的粉丝
出口成诵《车过黄河》
我当年的支持者
即使在他爹反对他姐
嫁给我这个汉族青年的当年
他也坚定地站在我一边
国庆回去省亲
见到这位老总
正读我的长篇
《士为知己者死》
喜欢得不得了
喷着满嘴酒气
劝我说:"姐夫
你就专心写小说吧
别写什么诗了
你现在的诗
没激情
除非你跟我姐
离婚"

2011

老丈人

我很内疚
去年他老人家
脑溢血突发
我都没有回来
（忙是永远的理由）
现在只能探望
带着后遗症的他
我在半夜到家
直奔他床前
叫了一声："爸！"
他伸出青筋暴突的双臂
用双手紧握我的双手
眼中闪烁着千言万语
口中只吐出两个字：
"稀——罕！"

2011

驱车向前

我喜欢
在夜幕降临时
抵达并进入
一座城市
不论在异国
还是在祖国
赴他乡还是
回故乡

2011

蒸螃蟹

戴上有刺的胶皮手套
将四只横行的螃蟹
一一抓进铝合金蒸锅
坐上凉水
打开煤气
我便逃也似的
撤出了厨房
还将厨房拉门
拉得死死的

生怕有一丝声音
传出来
来自蒸锅里的螃蟹
来自螃蟹腿挣扎着
划过铝合金蒸锅
那是一种可怕的声音
比用手指甲划玻璃
更要人命

十分钟后
我回到厨房

关掉煤气
揭开蒸锅
好香啊
我将四只一动不动的螃蟹
一一夹到盘子里
端上餐桌

吃饭时
儿子发现："螃蟹腿
都是断的
正好不用掰了……"
我的手哆嗦了一下
像被螃蟹钳夹住了

2012

在古人画的地图上

岛被画成山的样子
波浪线表示海
古人画的地图
像孩提时代的
小人书
令我会心一笑
不再咬牙切齿

2012

懂得

在大理
在洱海边
当彩云抚平我们
被风吹乱的头发
一个女人
对另一个女人说:
"他写了那么多
他的眼睛
却很清澈……"
我知道
她们在说我
但装作
没听见

2012

罗浮山

神不在庙里

神是坐在观光缆车上
吹肥皂泡的小女孩
神是飞向层峦叠嶂
小太阳般镶金边的泡泡

神是半山坡的小店里
泡在药酒里的老鼠崽
是泡了一年后揭开瓶盖
一口把人咬死的不死蛇精

装神弄鬼的人心中没有神

2012

三门岛

我每登
一座岛屿
为什么总会有种
已经来过的感觉
并非在前世
就是在今生
恍若在昨日

2012

远方

夕阳，火红的蛋壳
飞机，破壳而出的
一只只火烈鸟……

如上画卷
是去年夏日的一个黄昏
我低头吃着上海大馄饨
猛一抬头透过浦东机场
候机厅的大玻璃窗
所看到的……

哦，当时我刚从长安飞来
在等一位上海的友人
从城里赶来与我会合
然后一起飞向
遥远的巴尔干……

我知道：是远方
让眼前景物也美丽起来
并让我在一年后的此刻
还能猛然想起

2012

白雪乌鸦

北京,铁狮子坟的早晨
刚下过一夜的雪
我脚踏一片洁白
朝着校园深处行进
忽然间
扑棱棱几声响
一个飞行小队的乌鸦
落满我脚下航母的甲板
哦,白雪乌鸦
仿佛上帝的画作
让我搓着手
呵着热气
准备将它卷起来
带走

2012

湿地

沿着公路
驱车向前
来到这片湿地
那是黄昏时分
夕阳正在离去
清风徐徐而来

我们中间
有位少女
把脚伸进小河里
撩起水花,说:
"怎么办?
我爱上了一个人!"

我们中间
有位少年
仰面躺在草甸上
吹着口哨,说:
"等我死了
就把我葬在这里!"

2013

台湾的灵魂

在台北
一家面包房
在卖蒸馒头
看得我
眼热心跳
紧咬牙关
不去问导游
为什么
我怕他
答得不到位

2013

纸

来自祖国大陆
五湖四海的诗人们
来到广兴寮纸厂
将他们各自带来的
珍贵礼物——
树叶、花瓣、枯枝、泥土、手稿……
汇聚在一起
亲自动手
用原始的手工制成一张纸
然后把这张心愿的纸
带到佛光山
敬献给星云大师
当构成这张纸的上述元素
被一一报上名来
只有一个元素
令在场的僧侣、尼姑、佛学院学生
发出"哇——"的一声尖叫
那个元素
是我爱子的一绺胎毛

2013

即景

衣柜顶上
一双
颓靡的
肉色丝袜
膨胀起来
灵魂之足
开始行动

2013

二泉映月

三年前的夏天
我和儿子
常在小区的空地上
踢球
一个十岁左右的
小男孩
老是跑来参与
他是小区看车库的
老师傅的孙子
说话有点儿大舌头
那个火热的
属于世界杯的夏天
我们疯狂踢球的行径
被人一连投诉了两次
也就不再踢了

三年后的夏天
我总是独自一人
头顶烈日
在小区的小径上
绕圈暴走

"你你你
怎怎么不踢球了？"
有人大着舌头问我
我才认出是那孩子
他长大了三岁
我才看出是个傻孩子
"你在哪儿上学？"
"我我我……不上学"

到了晚上
小区闷热的夜空中
响起了生涩的二胡声
依稀能够听出
是瞎子阿炳的
《二泉映月》
除了我
大概无人知晓
是这傻孩子拉的
他在地下车库顶上
跟随爷爷学艺

2013

一个杀人犯在我脑瓜里待了三天

他是个农民
在本村杀了
一家四口人
连夜潜逃
沿村边小河
一路逃窜
只走河堤
进入大河流域
沿着大河
继续前进
如此线路
让他躲过了
警方所有设卡
四面八方
围追堵截
一个月后
来到海边
眼瞅大河
没入大海
那是他此生中
初次见到大海

是黄的
不是蓝的
感觉特没劲
徘徊了一整天
他跳海自杀了

2013

张楚演唱会

全场数千观众中
我只注意到她一个——

一位少妇,扁平的脸,并不漂亮
个子不高,衣着干净,独自一人
手中举着一面小小的
小小的朝鲜国旗
她小小的躯体随着摇滚的音乐
轻轻地左右摇晃
她的神情无以名状

台上歌手(我的朋友)引吭高歌
《上苍保佑吃了饭的人民》

2013

腊八节

"各住户请注意
请到小区广场领粥
不用带碗带盆
物业给大家备了桶……"

那时我正在写作
楼下有人叫起来
声音从电喇叭里传出
升到我九层楼高的窗外
像霾一样悬浮在那里
我啥都没有想
撂下手里的活儿
穿上裤子和外套
下楼领粥去了

来到小区广场
见已排成长队
我在队尾排了五分钟
发现不对劲

全是老太太
（连个老头都没有）
站在冬日的寒风中
我赶紧朝回跑

但是——晚了
这是腊八上午的事
妻的电话中午打来
从她单位：
"你就别丢人现眼了
有人已经打电话给我了
说你跟老太太一起排队
等待施粥……"

2014

人民

下午散步时间
我从丰庆公园东门
走出
看见马路边有个少妇
支在单车上打手机：
"喂，陈园长
你只要把我娃收了
我在五万赞助费之外
再给你个人一万块
咋样……"
在其身后
单车后座上
坐着一个
三四岁的小男孩
我沿路向前走出
一段路之后
在夏日午后
暴晒的阳光下
有点儿想哭

不是出于心有感动
而是因为不为所动
见惯不惊
习以为常
我想向我也身在其中
逆来顺受忍辱负重的
伟大人民
致敬

2014

飞越太平洋

从中国到美国
从北京到底特律
我以为会飞越
辽阔太平洋
但却发现
我所乘坐的飞机
基本上都是在
陆地上空飞行
从北京向东北飞
在哈尔滨上空
我看到一片灯火
继而进入俄罗斯
飞越外兴安岭
飞越堪察加半岛
飞越白令海峡
（唯有这窄窄一绺
是在海上飞）
进入阿拉斯加
（就算进入美国啦）
飞越科迪勒拉山系
进入荒原连天的加拿大

然后转向东南飞
很快便降落在
绿草如茵
别墅如麻的底特律
听说从前
原本居于蒙古高原的
爱斯基摩人
就是沿着这条路线
最终抵达美洲的

2014

在伯灵顿的森林中

在伯灵顿的森林中
（这座城市
就坐落在森林中）
每一棵参天大树上
都上蹿下跳着
一只小松鼠
吓了我一跳
又吓了我一跳
反反复复
不停地吓我一跳
起先我是为它们的
突然出现而受惊吓
后来我是为它们
根本不怕我
而感到害怕

2014

异国小镇

"看见这种小镇
我总有一种
恐怖的感觉
也许是
美国电影
看多了……"
我对维马丁说

他回答：
（没想到）
"我也是"

"奥地利有没有
这样的小镇？"

"有啊，很多"

"你看见它们
会不会有这种
恐怖的感觉？"

"会有"

"为什么?
那可是你的祖国啊
是你再熟悉不过的地方……"

"因为里面
会住有新纳粹"

2014

在天涯

紧抱不放啊
祖国
在电脑里

2014

越南风景

送来大米和大炮的
什么都没留下

还有送来炸弹的
也不曾改变什么

只有——
送来文字、咖啡和教堂的
留下了文字、咖啡和教堂

2015

听音乐会

理查德·施特劳斯的
《随想曲》
听得我想哭
终于热泪盈眶
马勒的《大地之歌》
听得我想跑
在蓝天下裸奔
贝多芬的四段华彩乐章
像巨人的四只大手
掌控一切
攥碎我心
又像巨人的脚趾
从天而降
踏过我身

2015

在匈牙利想起一位故人

来到匈牙利
走在肖普朗的
大街小巷
惘然想起
一位故人
已经故去二十年的
诗人胡宽
1991 年的某天晚上
在他家里
他满面红光
目光如炬对我说
他想去匈牙利
那里的人民
整天价拉着手风琴
唱歌、跳舞、读诗
浪漫极了
幸福极了
不知他是听谁说的
回头看
那一年
那个国家

正在经历

剧变后的阵痛

俱往矣

今天我来到这里

没有看见一个人

唱歌、跳舞、读诗

但我能够感觉到

这里的人民

已经过上了

自由、安宁、富足的生活

足慰故去多年的故人

2015

世界的歌声

从维也纳乘火车一小时
便来到斯洛伐克首都
布拉迪斯拉发
走进一家
工艺品专卖店
店里播放的是
鲍勃·迪伦
哦,马丁
可还记得去年秋天
佛蒙特枫叶红了
我们在强生小镇
常去的那家酒吧
永远在放
鲍勃·迪伦
歌声将我拉回过去
也让我意识到
这里是世界的一部分

2015

多瑙河之波

谁说不能两次
踏入同一条河流
我在维也纳
遇见多瑙河
在布拉迪斯拉发
又遇见了
一样的宽阔
一样的浩瀚
一样的奔流
一样的不息
一样把我拉回到童年
船上的警报拉响了
多瑙河河面上
漂浮着一颗颗
神秘的水雷
我的船长
我的英雄
脱了衣服
跃入河中
将其一一推开

2015

可爱的诗人

在长安诗歌节
最近的一场中
朱剑替失聪失语的诗人左右
朗读新作
左右恭敬递上自己的手机
人也凑了过去
朱剑看着左右的手机
用其沙哑的嗓音念道：
"这首诗的题目叫作
《我不泡这个女孩》"
话音未落
朱剑脸上便浮现出
色眯眯的笑容
左右脸上旋即浮现出
色眯眯的笑容
哦，以往也是这样
左右总是用表情
配合替读者的表情
于是他俩脸上
便同时绽放出

色眯眯的笑容
那笑容真他妈干净啊
我的心中一片潮湿

2015

在青海听我的首位英译者梅丹理先生讲述他当年初读我诗的故事

那是在1994年
我从美国飞到台湾
在一座修道院里
给人做翻译
翻译佛经
在那里住了三个月
就在我快要住不下去的时候
严力从纽约给我寄来
你刚出版的诗集《饿死诗人》
那时我已经厌倦了佛经
连夜读你的诗集
感到大千世界
滚滚红尘
人间烟火
如此美好
次日一早
我就卷铺盖下山了

2015

重回鲸鱼沟

整整三十年过去
我忽然回到这里
回到高考那年的夏天
我和几个中学同学
一起游过泳的
鲸鱼沟

墨绿色的深潭
潭边山坡上
那一片北方罕见的竹林
甚至于头顶上的
蓝天白云
依旧
只是那一条
一路跟着我的黄裙子
早已不见
"我的青春小鸟一去不回来"

三十年过去了
那一直飘荡在我心中的
竹林间的黄裙子

像一面风信旗
唤醒我:
"你是否也同样珍爱着
那些追随你一路前行的
可爱的灵魂?"

2015

上海的天空

到达上海的头天下午
在社科院
开了一下午研讨会
晚餐时进了另一幢楼
进餐过程中
我上了一回厕所
从厕所的窗子
看见上海的天空
正值黄昏
夕阳西下
红霞满天
那是不一样的天空啊
我的母亲
望着它长大
如今已经与它
融为一体

2015

信号

车入芭提雅
微信上
附近的人
全变成妖

2016

新加坡之诗

当导游阿燕说:
"1965年,李光耀先生
含泪宣布新加坡
脱离马来西亚联邦
从此独立……"

我怎么听
都像是
一句史诗

2016

南洋

在南洋
橡胶树在夜里
默默流泪
这幅画面
从小到大
一直存在于
我的头脑中
但直到今天
我来到这里
才敢把它
写成诗

2016

吉隆坡云顶赌城联想

地球毁灭了
人类移居外星球
我是幸运的
最后一批撤离者
当我们到达那里的时候
发现先我们到达的人们
住在一座超级大赌城里
有人朝篮筐里
投掷地球仪
我告诉他们地球
已经毁灭的消息
他们哈哈大笑
弹冠相庆
原来所有的人
都为地球——
他们家园的
毁灭下了注
现在他们赌赢了

2016

天涯海角

不知为什么
每当我触及
"天涯海角"这个词
想到的全都是南洋
而不是西洋
更不是东洋
现在我来到这里
心有沧桑
常有泪涌的感觉
相伴

2016